KRISTIANSAND, NORUEGA. 1988.

¡POR FAVOR, AYUDA!

POR FAVOR... QUE ALGUIEN ME AYUDE...

EL CHORT ESTÁ AQUÍ.

INTRUSOOOOS.

WINTER BLOOD

COCREADOR & ESCRITOR
J. MICHALSKI

COCREADOR & ARTE
ANTONIO J. ROJO

PORTADA
ROJO

Cartem Cómics
Director editorial: Daniel Díez
Edición y revisión de textos: Elena Hernández
Maquetación: Antonio de Diego

© del guion, Jason Michalski
© del dibujo, el color y la rotulación, Antonio Rojo

ISBN de la serie: 979-13-88003-43-1
ISBN de este número: 979-13-88003-52-3
D.L.: S 120-2026

JASON MICHALSKI
GUION

ANTONIO ROJO
DIBUJO Y COLOR

CARIÑO, YA NO TENGO EDAD PARA ANDAR POR AHÍ TRASTEANDO CON MUERTOS VIKINGOS.

SI IVAR HA DESPERTADO, ES QUE ALGUIEN HA TOCADO EL TESORO QUE ESTÁ CONDENADO A PROTEGER.

PUES ENTONCES, ESE POBRE BASTARDO APRENDERÁ POR LAS MALAS, COMO LES PASÓ A DER KAPITÁN Y LOS NAZIS HACE 40 AÑOS.

¿PUEDES CREER LA DE TIEMPO QUE HA PASADO DESDE QUE NOS ENAMORAMOS LUCHANDO CONTRA NAZIS Y ZOMBIS?

ESO SÍ, DESPUÉS DE 40 AÑOS, TU CAFÉ SIGUE SABIENDO COMO SI LO SIGUIERAS PREPARANDO EN TU CASCO DEL EJÉRCITO.

¿Y QUÉ HAY DE MALO EN ESO?

QUE QUIZÁ DEBÍ HABER ACEPTADO LA PROPOSICIÓN DE MATRIMONIO QUE ME HIZO DER KAPITÁN.

ENTONCES, BUENA COSA HABERLO VOLADO POR LOS AIRES, ¿EH?

¿OYES ESO?

SUENA A HELICÓPTERO.

"MI UNIDAD SE HA PERDIDO EN ALGUNA PARTE DE ESTE ÁREA".

¿Y POR QUÉ NO CONTACTA AL GOBIERNO NORUEGO PARA UNA BÚSQUEDA Y RESCATE?

SÍ, ¿POR QUÉ PEDIRNOS AYUDA?

BUENO, TAL VEZ ESE FUERA EL CURSO DE ACCIÓN LÓGICO, PERO MOSCÚ ME HA ORDENADO MANTENER ESTO EN UN DIGAMOS... PERFIL BAJO.

"MIS HOMBRES TRANSPORTABAN UN ARMA ALTAMENTE EXPERIMENTAL EN ESPACIO AÉREO NORUEGO CUANDO SE PRODUJO UN FALLO EN LOS MOTORES".

"COMO COMPRENDERÁN, A MIS SUPERIORES LES GUSTARÍA MANTENER ESTE ASUNTO DE SEGURIDAD NACIONAL ALEJADO DE LOS PERIÓDICOS".

PREGUNTÉ POR EL PUEBLO Y SE DICE QUE DURANTE LA GUERRA, USTED APENAS SOLO ACABÓ CON TODO UN BÚNKER NAZI, LIBERANDO DE PASO LA ZONA DE LA OCUPACIÓN ALEMANA.

YO NECESITO QUE UN CABALLERO CON SU EXPERIENCIA ME AYUDE A DAR CON MIS HOMBRES Y RECUPERAR LA CARGA.

NO PUEDO AYUDARLE, "BORIS". LA GUERRA TERMINÓ PARA MÍ HACE MUCHO.

LO MÁS LEJOS QUE ME AVENTURO ESTOS DÍAS ES A CORTAR LEÑA EN MI PATIO TRASERO.

BIEN, COMO CAMARADA MILITAR QUE SOY, LO ENTIENDO.

YO TAMBIÉN TRATARÍA DE DEJAR ESTA VIDA ATRÁS Y RETIRARME EN ESPAÑA, COMO HIZO SEAN CONNERY. JA, JA.

PUEDO BUSCAR OTRO RASTREADOR LOCAL O DOS.

GRACIAS POR COMPRENDERLO, CAMARADA.

GRACIAS POR RECIBIRME EN SU ENCANTADOR HOGAR, SEÑORA ROBINSON. SIENTO SI LE HE CAUSADO ALGUNA MOLESTIA.

NO HAY DE QUÉ, MAYOR KUZNETSOV. ESPERO QUE TODO SALGA BIEN.

WHUP·WHUP·WHUP·WHUP

NO ME GUSTA ESTO, FRANK. LA LOCALIZACIÓN EN EL MAPA ES LA MISMA QUE EL TÚMULO DE IVAR.

PUES SÍ, Y EL MAYOR SABE QUE NO NOS CREÍMOS SU HISTORIA.

PERO ¿CÓMO PUDO SABER DEL TESORO? TÚ Y YO FUIMOS LOS ÚNICOS SUPERVIVIENTES.

NI IDEA, CARIÑO, PERO MEJOR PREPARARNOS PARA CUANDO REGRESE.

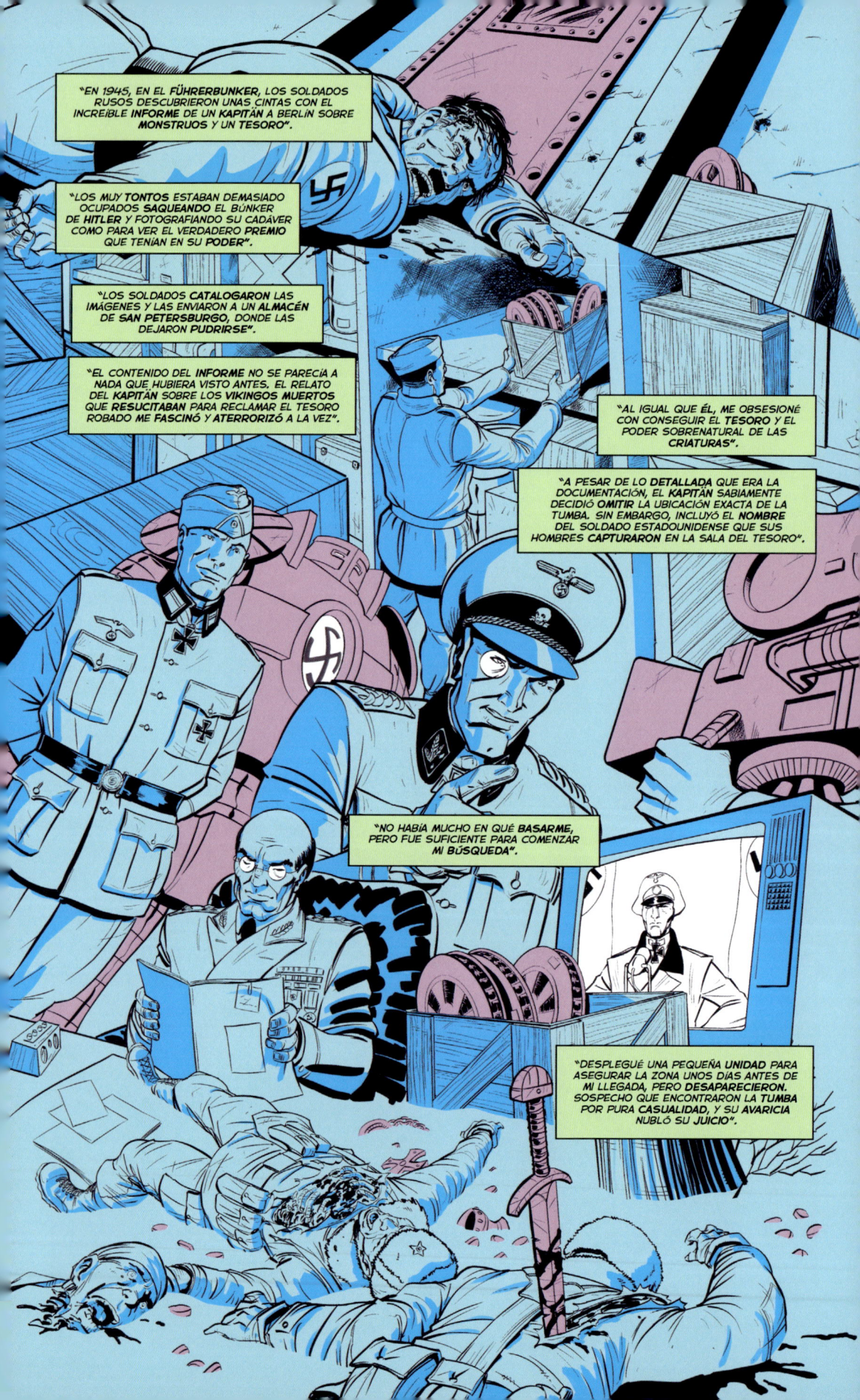

"EN 1945, EN EL FÜHRERBUNKER, LOS SOLDADOS RUSOS DESCUBRIERON UNAS CINTAS CON EL INCREÍBLE INFORME DE UN KAPITÁN A BERLÍN SOBRE MONSTRUOS Y UN TESORO".

"LOS MUY TONTOS ESTABAN DEMASIADO OCUPADOS SAQUEANDO EL BÚNKER DE HITLER Y FOTOGRAFIANDO SU CADÁVER COMO PARA VER EL VERDADERO PREMIO QUE TENÍAN EN SU PODER".

"LOS SOLDADOS CATALOGARON LAS IMÁGENES Y LAS ENVIARON A UN ALMACÉN DE SAN PETERSBURGO, DONDE LAS DEJARON PUDRIRSE".

"EL CONTENIDO DEL INFORME NO SE PARECÍA A NADA QUE HUBIERA VISTO ANTES. EL RELATO DEL KAPITÁN SOBRE LOS VIKINGOS MUERTOS QUE RESUCITABAN PARA RECLAMAR EL TESORO ROBADO ME FASCINÓ Y ATERRORIZÓ A LA VEZ".

"AL IGUAL QUE ÉL, ME OBSESIONÉ CON CONSEGUIR EL TESORO Y EL PODER SOBRENATURAL DE LAS CRIATURAS".

"A PESAR DE LO DETALLADA QUE ERA LA DOCUMENTACIÓN, EL KAPITÁN SABIAMENTE DECIDIÓ OMITIR LA UBICACIÓN EXACTA DE LA TUMBA. SIN EMBARGO, INCLUYÓ EL NOMBRE DEL SOLDADO ESTADOUNIDENSE QUE SUS HOMBRES CAPTURARON EN LA SALA DEL TESORO".

"NO HABÍA MUCHO EN QUÉ BASARME, PERO FUE SUFICIENTE PARA COMENZAR MI BÚSQUEDA".

"DESPLEGUÉ UNA PEQUEÑA UNIDAD PARA ASEGURAR LA ZONA UNOS DÍAS ANTES DE MI LLEGADA, PERO DESAPARECIERON. SOSPECHO QUE ENCONTRARON LA TUMBA POR PURA CASUALIDAD, Y SU AVARICIA NUBLÓ SU JUICIO".

"¡DESPIERTA!"